LE MESSAGE DE L'ESKIMO

Que d’histoires ! CP

Loi n° 49-956 du 16.07.1949 sur
les publications destinées à la jeunesse.

LE MESSAGE DE L'ESKIMO

Françoise Richard • Thomas de Coster

MAGNARD

QUE D'HISTOIRES !

CP

L'hiver approche.
On ne voit plus l'herbe des caribous.

Grand-Ma pense souvent à son fils bien-aimé, Kautahuk

qui est parti depuis longtemps. Où est-il maintenant ?

Elle va sur le rivage.
Tiens, un bout de rame abandonné !
Kautahuk aimait beaucoup graver le bois.

Sur le bois est écrit un message de Kautahuk.
Grand-Ma rit de toutes ses dents.

Elle court chez sa voisine.

Elles essaient
de déchiffrer le message.
Les dessins de Kautahuk
sont très simples.
Voici ce qu'il a écrit :

Kautahuk est d'abord parti avec sa pagaie.
Il a marché sur la banquise.

Un ours polaire s'est approché et l'a senti.

Malgré sa peur, Kautahuk a pu s’enfuir.

Sur la mer, il a aperçu un phoque.

La longue chasse au phoque a commencé.

Oh ! La pirogue a versé.
Kautahuk est tombé dans l'eau.

Il a grimpé sur le dos du phoque.

Le phoque l’a entraîné vers l’île aux deux cabanes.

Kautahuk a rejoint l'île.
Le courant a ramené sa pirogue
et sa pagaie cassée.

Il y a gravé son histoire

et a fabriqué une nouvelle pagaie.

Kautahuk a ensuite jeté
le bout de pagaie gravé à la mer ;
il reprendra sa pirogue
pour revenir à l'igloo
quand la pleine lune apparaîtra…

Quel périple !

Grand-Ma et sa voisine restent longtemps silencieuses.

La pleine lune brille.

Kautahuk est là.

Fin

Dépôt légal : avril 2004 - N° d'éditeur : 2009/160
Achevé d'imprimer en mars 2009 par l'imprimerie Pollina, 85400 Luçon - n° L49652
Imprimé en France